JEUX DE PLUME

HENRI DE RÉGNIER

de l'Académie Française

JEUX DE PLUME

avec un portrait par

Pierre PAYEN

AUX ÉDITIONS DES
CAHIERS LIBRES
57, Avenue Malakoff - Paris

Le premier Salon de France.

Certes, quiconque, en notre fiévreuse et hâtive époque, a conservé le goût des plaisirs de la société, le culte de la politesse et du fin langage, la curiosité des belles causeries et le souci de la bonne compagnie, doit un hommage à Celle dont le rude et galant Malherbe transforma, par anagramme, le prénom de Catherine en le vocable plus harmonieux d'Arthénice, et qui, pendant un demi-siècle, fit, de sa demeure, le rendez-vous des beaux esprits, ayant imaginé, de réunir, sur un pied d'égalité momentanée, grands seigneurs et écrivains, femmes du monde et hommes de lettres. Car ce fut, en effet, grâce à l'initiative de la Marquise de Rambouillet, que s'établit, en France, un usage qui a duré jusqu'à nos jours et qu'elle a porté, du premier coup, à sa perfection, si bien qu'il est difficile de ne point regretter de ne pas avoir été témoin de ces beaux ébats de politesse, de courtoisie et d'éloquence que dirigeait, du haut de son lit de repos, abrité d'un « pavillon de gaze », la divine Arthénice.

A ceux qui déplorent ce contre-temps séculaire, je conseillerais volontiers la lecture des deux volumes qu'à publiés M. Emile Magne sur l'hôtel de Rambouillet et où il nous fait le récit de ses origines et de ses années de gloire.

L'ouvrage est agréable et instructif, et les tableaux que nous trace M. Magne sont détaillés et pittoresques. Le poète Vincent Voiture en est la figure centrale, et c'est lui qui nous introduit dans l'hôtel pour nous en faire connaître les intrigues de cœur et d'esprit, les deuils et les joies, les occupations et les plaisirs, les personnages et les idées. Voiture est le chambellan de la fameuse « chambre bleue ». Il en possède toutes les clés.

Il est grand dommage que les transformations de Paris aient détruit, avec tant d'autres, la noble demeure que les Rambouillet se firent construire aux premières années du dix-septième siècle, dans la rue Saint-Thomas-du Louvre, car le logis devait avoir belle mine, à en croire les contemporains. Grâce à leur témoignage et aux documents qui nous en restent, on peut cependant assez bien reconstituer sa physionomie.

L'hôtel de Rambouillet était un bâtiment considérable, bâti en pierre et en brique et toituré d'ardoises. Au fond de la cour d'honneur, s'élevaient les écuries et les communs. Un jardin clos y attenait, où l'on pouvait admirer une allée de sycomores, des parterres variés, des orangers et des lauriers-roses et une prairie de gazon qui, chaque été, procurait le plaisir de la fenaison. Mais c'était dans la disposition intérieure des appartements que s'était le mieux manifesté le goût personnel de la marquise. La grande salle, tendue de cuir doré sur fond rouge et vert, donnait vue sur une imposante enfilade de pièces, à travers lesquelles on accédait à la fameuse « chambre bleue » que compléta plus tard l'élégant cabinet que l'on appela la « loge de Zirphée ». Partout régnait un grand luxe de meubles, de tentures, de tapis. Les inventaires en font foi.

Ce fut dans ce décor opulent que se tinrent les célèbres assemblées par lesquelles l'hôtel de Rambouillet devint la capitale du monde poli. La vogue qu'obtinrent ces réunions fut considérable, et diverses circonstances y contribuèrent, parmi lesquelles il faut noter, tout d'abord, la qualité des hôtes. C'était, pour de bon, un grand seigneur que M. de Rambouillet, de la maison d'Angennes, et sa femme ne lui cédait en rien sur ce point, étant de celle de Vivonne. Le marquis possédait de grands biens en France et en Italie, ce qui n'empêchait pas, d'ailleurs, quelques embarras d'argent. Retirés de la Cour d'assez bonne heure, pour des raisons de santé, les Rambouillet y possédaient des relations précieuses, et la divine Arthénice était femme à savoir les attirer chez elle et les y retenir. Sa beauté était notoire et elle avait l'esprit complimenteur et ingénieux. Sa fille Julie avait hérité d'une part des dons maternels. Sa figure, avec on ne savait quoi de bizarre, ne passait point inaperçue. C'était aussi une complimenteuse, mais chez elle le compliment s'envenimait aisément de persiflage, Mlle d'Angennes aimait à « harpigner ».

Par leur état, par leurs accointances, par leur caractère, les Rambouillet étaient donc fort propres au rôle qu'ils assumèrent et qui, s'il en vint à régenter le goût du temps et à influer sur les mœurs d'alors, n'eut, en somme, à son début, que le but de conserver des relations utiles. C'est ce qui explique la présence à l'hôtel de Rambouillet de tout un groupe de visiteurs et d'assidus. Les courtisans y tiennent une place considérable. Nous y voyons figurer, pour n'en nommer que quelques-uns, un prélat, comme le cardinal de La Valette ou un prince, comme le duc d'Enghien. Une Mme de Combalet y apporte sa situation de nièce de Richelieu. Par la suite s'y joindront les amis du marquis de Pisani, le fils de la maison, et nous y compterons aussi les soupirants de Julie d'Angennes et de ses compagnes. Guiche y fera face à Montausier. Ces divers éléments y produiront deux courants, l'un d'intrigues de Cour et de combinaisons d'intérêts, l'autre de galanteries et de divertissements. N'y a-t-il pas là de quoi distraire une certaine mélancolie à laquelle est encline la marquise ?

Mais ce spectacle ne suffit pas et, peu à peu, la brigade des gens de Cour sérieux ou folâtres se double de la brigade des gens de plume. De ces derniers, il en fréquente à l'hôtel de toutes les espèces. Nous y rencontrons des demi-grotesques comme les Gombaud, les Neufgermain ou les Scudéry. Les pédants n'y manquent point, tels que Balzac, Chapelain, Conrart ou Vaugelas. Mais, à côté d'eux, heureusement, voici les vrais favoris d'Arthénice et de Julie, ceux qui sont la joie et la gaieté de l'hôtel, les Godeau et les Voiture. Malgré ces préférences, tous ont leur part dans la composition et le caractère de cette petite société et contribuent à son animation et à sa singularité. L'hôtel de Rambouillet est en continuelle fermentation d'esprit. Il y naît des façons de penser et de dire qui lui sont particulières. Il s'y institue des débats littéraires ou sentimentaux qui ont leur retentissement hors de la chambre bleue. L'hôtel a ses modes, ses passe-temps à lui. Tantôt le rondeau y fait fureur, tantôt la gazette allégorique y triomphe, tantôt la faveur va aux lettres « en vieil langage ». Parfois, l'hôtel intervient dans les grandes questions du jour. La querelle du *Cid* le passionne. Il s'assemble en aéropage pour écouter peu favorablement la lecture de *Polyeucte*. Il met au-dessus de tout la recherche de la politesse. Il penche vers la préciosité.

Ne nous exagérons pas cependant ses tendances à un certain pédantisme et à une certaine préciosité. Au fond, le vrai plaisir de l'hôtel fut l'esprit sous toutes ses formes, les plus vives commes les plus alambiquées et jusqu'aux plus bizarres. Certes, les entretiens devaient y être parfois quelque peu pesants, mais ce n'était pas la règle générale, bien au contraire. On y parlait de tout, le plus souvent, avec délicatesse, et liberté. Si l'on y dissertait volontiers, on ne laissait pas non plus d'y satiriser et même la gaieté y atteignait un ton qui étonnerait peut-être nos salons d'hier ou d'aujourd'hui.

Le plus curieux, c'est que Mme de Rambouillet elle même peut être tenue comme responsable du fait que nous signalons et dont je pourrais donner des preuves. La sage Arthénice, pour tout dire, aimait les farces et les pitreries. Devait-elle ce goût des pantalonnades à son origine italienne ou bien était-ce une manière de combattre un certain penchant à la mélancolie dont elle n'était pas exempte ? Quoi qu'il en fût, ses amis, qui lui connaissaient cette disposition à la bouffonnerie, lui donnaient de leur mieux l'occasion de l'exercer. Leur complaisance alla jusqu'à lui amener les phénomènes que l'on montrait sur les tréteaux du Pont-Neuf. N'introduisit-on pas, un beau jour, les deux ours d'un montreur dans sa chambre à coucher ?

Elle ne le devait point trouver mauvais, d'ailleurs, car elle avait d'elle même ses fantaisies. Ne nous rapporte-t-on pas, en effet, qu'elle s'amusait parfois à faire fermer la fenêtre et à allumer de l'eau-de-vie dans un bassin pour le plaisir de voir les visages de la compagnie devenir « couleur de la Chine ».

Certes, la marquise de Rambouillet était une femme instruite et distinguée. Elle parlait l'italien et l'espagnol et elle avait le sens du beau langage et montrait de l'aversion pour la vulgarité, mais elle aimait la gaieté et l'aimait par nature aussi bien que peut-être par calcul. Elle savait bien que le Français, s'il est capable de s'ennuyer un moment par vanité, ne s'acclimate véritablement que dans les endroits où il s'amuse.

C'est par l'amusement qu'il apportait avec lui que Voiture plut à l'hôtel de Rambouillet et qu'il en devint rapidement le favori et le principal familier. Voiture avait beaucoup d'esprit, du plus vif, du plus piquant, du plus compliqué. Aussi Voiture fut-il immédiatement adopté par ses hôtes et telle fut la raison de son succès, car, à ses premiers pas à l'hôtel, Voiture était un bien mince personnage et simple auteur du sonnet d'Uranie qu'avaient approuvé Balzac et Malherbe. Mais cette carte d'entrée et la recommandation de Chaudebonne suffirent à lui assurer un accueil qu'il n'aurait pas dû à sa naissance.

Né à Amiens, d'un père marchand de vin, à l'enseigne du « Chapeau de Roses », Voiture, ses études de droit terminées à Orléans, était venu à Paris, où il ne montrait de goût ni pour les emplois de basoche ni pour le commerce paternel. Celui des Muses le tentait davantage, mais, à cette époque, un écrivain ne vivait guère de sa plume. Il y fallait la protection d'un grand seigneur. Les Rambouillet firent la fortune de Voiture. Ce fut chez eux que sa réputation se fonda, ce fut par eux qu'elle se répandit. Son œuvre appartient à l'hôtel de Rambouillet, aussi bien les vers qu'il composa sur de menus événements de salon, que les lettres qu'il écrivit sur des sujets de sentiment, de galanterie, de littérature et de politique, et qui, circulant de mains en mains, rendirent illustre le favori d'Arthénice.

Bien plus encore, ce fut un familier de l'hôtel, le cardinal de La Valette, qui lui plaça le pied à l'étrier et le mit en mesure d'obtenir une de ces charges, plus ou moins lucratives, où les hommes de lettres du dix-septième siècle trouvaient leur subsistance. Voiture s'attacha à la personne de Gaston d'Orléans, frère du Roi. Le service de Monsieur, il faut bien le dire, s'il offrit à Voiture certains avantages, ne fut pas sans lui valoir quelques désagréments. Gaston d'Orléans était en toutes choses un prince médiocre et en politique un brouillon; aussi se brouilla-t-il avec le Roi et avec le cardinal-duc, et si bien qu'il en passa la frontière. Voilà donc Voiture obligé de suivre son maître à Nancy, puis à Bruxelles.

L'exil, loin de Paris et de la chambre bleue, était une dure épreuve pour le pauvre Voiture, mais il fit honneur à ses engagements. D'ailleurs, ce peit homme malicieux et subtil, frivole et galant, était aussi un galant homme. S'il était fort occupé de son visage et de ses accoutrements, coquet et soigneux de sa personne, il ne manquait ni de fidélité, ni de courage. Plus d'une fois il mit l'épée à la main. Mais Monsieur, pour raccommoder ses affaires, avait plus besoin de négociateurs que de soldats, et Voiture fut dépêché en ambassadeur à Madrid, pour s'y occuper des intérêts de son maître. Il en revint après être allé jusqu'à Ceuta.

L'hôtel fit fête à l'ambassadeur improvisé,

qui devait le devenir une seconde fois pour porter au duc de Toscane la nouvelle de la naissance du Dauphin de France. Sa mission accomplie, Voiture reprend sa place aux pieds d'Arthénice. Mais des événements se préparent qui vont changer les habitudes de céans. Julie d'Angennes se laisse enfin toucher par l'amour obstiné de Montausier, et ce mariage tant différé est enfin conclu. Notre poète en éprouve quelque humeur et quelque tristesse, car il semble bien qu'il ait eu un tendre sentiment pour cette Julie, assez peu sympathique en somme et dont toutes les guirlandes ne dissimulent qu'à demi certaines épines de caractère.

Néanmoins Voiture avait certainement du goût pour ce genre de personnes, puisque nous le retrouvons, à la fin de sa vie, amoureux de la dernière fille des Rambouillet, qui vient de sortir du couvent. Comme sa sœur aînée, Angélique-Clarisse d'Angennes est malicieuse et « harpigneuse », et elle se plaît aux madrigaux et aux attentions de Voiture. Seulement, pour corser le jeu, elle lui donne un rival en l'intendant Chavaroche, rimailleur à l'occasion. Ce manège exaspère Voiture, qui, un beau jour, cherche querelle à Chavaroche. Les deux hommes croisent le fer dans le jardin même de l'hôtel.

L'affaire fit du bruit, et le déplaisir des Rambouillet s'en marqua à Voiture par une froideur à laquelle il ne fut pas indifférent. C'était, sinon la brouille complète, du moins un relâchement notable de relations de vingt-cinq années. Voiture s'en montra fort affecté, et l'on peut même dire qu'il en mourut, car une fièvre de langueur ne tarda pas à l'emporter. Admirons l'en. On ne saurait pousser plus loin l'esprit de salon. Nos maîtresses de maison actuelles n'attendent plus, de l'effet de leurs rigueurs, des témoignages aussi flatteurs et aussi éclatants.

Figure de Jadis.

Je ne sais si j'écrirai jamais mes mémoires. Il faut pour cela que l'âge nous fasse des loisirs sur lesquels personne n'a le droit de compter et que la vie se prête à laisser conter d'elle ce qu'on en sait. Ce n'est pas à tous qu'elle le permet. Néanmoins, avant d'en venir à un retour détaillé sur soi-même, il est loisible de jeter parfois un coup d'œil préparatoire sur le passé et d'en évoquer certaines figures qui s'y détachent avec une couleur et un relief particulièrement attrayants.

Chacun garde dans son souvenir quelques-unes de ces figures si vivantes qu'il faut presque faire un effort pour se rappeler qu'elles ne sont plus que des images dont nous sommes les dépositaires passagers et qui s'évanouiront avec nous.

Aussi n'avais-je pas besoin du curieux et substantiel petit livre : *L'esprit d'Oscar Wilde*, pour revoir en pensée l'étonnant personnage qui porta ce nom célèbre et décrié et qui inscrivit dans les fastes de la littérature d'outre-Manche une si éclatante et si tragique destinée. L'histoire d'Oscar Wilde, poète anglais, est trop connue pour que je la rapporte ici. On sait comment, en pleine gloire, et du haut d'une brillante renommée d'écrivain et de causeur, un procès scandaleux, suivi d'une dure condamnation, le précipita aux misères pénales du « hard-labour » et fit, pendant deux années, de l'élégant et magnifique gentleman, favori des salons de Londres et de Paris, un forçat à la tête rasée et aux mains rugueuses qui, rendu à la liberté, n'y retrouva plus la force de vivre et acheva son existence détruite, dans un obscur hôtel du quartier Latin d'où, le 30 novembre 1900, quelques rares amis accompagnèrent sa dépouille jusqu'au cimetière de Bagneux...

Ce n'est pas de cet Oscar Wilde, caché sous le nom de Sébastien Melmoth, que je veux me souvenir et cependant je ne puis oublier la dernière fois où je le vis. C'était à l'Exposition, dans le pavillon où les danseuses espagnoles, au bruit des guitares et des castagnettes, exécutaient leurs pas fougueux et lascifs.

Il était assis seul à une table, énorme, affaissé, somnolent. J'allais à lui quand il se leva, passa auprès de moi sans m'apercevoir et s'éloigna. Et, en le regardant disparaître, je songeais au Wilde superbe et adulé qui, quelques années auparavant, dans un cercle de curieux, et d'admirateurs, les yeux fixés sur sa large face glabre et régulière de proconsul apollonien, égrainait orgueilleusement et harmonieusement ses contes et ses paradoxes, tout en faisant tomber la cendre de ses cigarettes d'Egypte à bouts dorés, d'un doigt paresseux que cerclait une bague antique dont le chaton enchâssait le dos bombé d'un scarabée pharaonique; je songeais à Oscar Wilde qui, débarquant en Amérique, répondait au douanier interrogateur qu'il n'avait rien d'autre à déclarer que son génie !

Ce ne fut pas à son « génie » qu'Oscar Wilde dut l'accueil qu'il reçut à Paris quand il y vint. en 1893, mais bien plutôt à sa renommée et à son prestige d'esthète. Il y arrivait précédé d'un cortège d'anecdotes qui le représentaient comme une sorte de « viveur » supérieur, ne recherchant de la vie que ses sensations de plaisir et de beauté, comme une manière d'épicurien d'Oxford et de Platon de Picadilly, couronné aussi bien du laurier des poètes que des roses du Sybarite. D'ailleurs, du poète qu'était Oscar Wilde on savait assez peu de chose, pas plus que de l'écrivain, car ses ouvrages étaient pour ainsi dire inconnus en France à cette époque. Il n'en existait aucune traduction. On y était donc fort peu renseigné sur son génie littéraire : mais, pour s'imposer, Oscar Wilde avait d'autres ressources que le commun des hommes. Il avait sa prestance monumentale que revêtaient d'opulentes redingotes fleuries à la boutonnière d'une touffe d'œillets verts ; il avait son renom d'excentrique et de dandy, et il apportait avec lui, surtout, son don merveilleux de causeur et de conteur.

La conversation d'Oscar Wilde se prêtait peu au dialogue ; il avait moins besoin d'interlocuteurs que d'auditeurs et on sentait qu'il se fût même assez bien passé de ces derniers. Wilde parlait pour lui-même, tant la faculté de conter lui était naturelle. Sa pensée prenait d'elle-même une forme de conte ou d'apologue et il s'y laissait aller avec une intarissable abondance. Wilde contait; il contait indéfiniment, et il contait des choses plaisantes, ingénieuses, paradoxales, profondes et qui semblaient être inventées à mesure qu'il les exprimait, si bien qu'on avait l'illusion flatteuse d'avoir mérité les frais d'imagination et de verve dont il avait l'air de vous offrir la primeur si généreusement et comme si personne après vous n'eût été digne d'entendre ces admirables histoires que l'astucieux charmeur répandait avec une si royale profusion.

J'ai assisté plus d'une fois à ce jeu étonnant. Personne qui n'y fût pris, même les plus récalcitrants. On avait beau se dire qu'il y avait là de la comédie, on prenait plaisir à en être dupe. Le charme opérait invinciblement, et les réserves s'évaporaient. Qu'importait après tout la qualité réelle des ouvrages de ce surprenant magicien ? Que valaient exactement ses poésies, ses romans, ses essais, ses pièces de théâtre ? A quoi bon même s'enquérir par trop du personnage qui nous apparaissait dans le prestige de sa légende ? A quoi bon écouter certaines rumeurs fâcheuses qui commençaient à s'y mêler ? Pourquoi prêter l'oreille à des bruits, peut-être mal fondés, au lieu de goûter les poétiques et fastueuses imaginations du conteur qui en modulait, de sa voix égale, harmonieuse et lente, l'intarissable incantation dont une catastrophe tragique devait bientôt interrompre la mélodieuse et spirituelle beauté ?

Ce ne sont pas ces contes d'Oscar Wilde

que je retrouve dans l'excellent petit livre en question. Quelque-uns seulement y figurent. Wilde en avait noté et développé un certain nombre; d'autres ont été recueillis par ses amis, mais il leur manque, à les lire, cette illusion d'invention spontanée que savait leur donner Wilde; aussi a-t-on bien fait de chercher ailleurs « l'esprit d'Oscar Wilde ». C'est dans son œuvre écrite qu'on l'a trouvé et c'est de cette œuvre qu'on a tiré la riche collection de pensées, de maximes, d'épigrammes, de boutades où nous apparaît un Wilde moraliste et humoriste, philosophe et pince-sans-rire, doué d'un comique plein de surprises et d'une finesse pleine de profondeur, un Wilde qui sait donner au paradoxe l'aspect de la vérité et à la vérité la forme du paradoxe.

De ces pensées, de ces maximes, il y en a de toutes sortes. Il y en a sur la vie et il y en a sur l'art; il y en a sur les femmes et sur les gens de lettres. Il y en a sur la société et qui ne sont pas les moins savoureuses. Wilde y voyait fort clair dans son temps et c'est cette clairvoyance qui l'a conduit à se créer le personnage qu'il a joué avec une ampleur et une réussite singulières et qui étonna ses contemporains par ses attitudes et ses propos. Il avait discerné que la curiosité qu'on excite est un des atouts de la célébrité et celle qu'il souhaitait n'allait à rien moins qu'à incarner, aux yeux de son époque, une conception de vie fondée sur le culte du plaisir et de la beauté. Aussi déclarait-il sa propre vie une œuvre d'art et entendait-il en pousser la réalisation au mépris des protestations qu'excitait l'outrance de son hédonisme.

De cette tentative de vivre une vie affranchie de toute règle et s'y déclarant supérieure, il résulta pour Oscar Wilde le scandale et la catastrophe, catastrophe qui ne vint pas de ses écrits, mais bien plutôt d'en avoir réalisé en sa personne ses théories. Ce n'est ni le merveilleux conteur, ni l'ingénieux essayiste ni le romancier, ni le dramaturge applaudi qui furent frappés en lui, mais le propagateur, par l'exemple, d'une doctrine d'existence dont il assumait la responsabilité sociale et dont il lui fut demandé compte sévèrement. Wilde paya cher son expérience. Oublions-le pour ne nous souvenir que du spirituel et curieux écrivain qui aima la France et que fêta le Paris littéraire d'alors, du poète qui voulut écrire en français sa *Salomé,* comme Beckford y avait écrit jadis son *Vathek* et dont « l'esprit » anime de sa verve paradoxale et scintillante le livre de son esprit.

Réflexions sur la Danse.

Je me suis arrêté, l'autre jour, en passant place de l'Opéra, devant la *Danse* du grand sculpteur Carpeaux. Les souriantes et délicieuses figures qui forment le célèbre groupe allégorique se dressaient voluptueusement vivantes dans la fine lumière de juin et s'occupaient au noble jeu qu'elles symbolisent avec tant de fougue, de grâce et d'harmonie. Les beaux corps nus éternisaient souplement dans la pierre leur attitude mouvante. Les visages étaient illuminés d'un rire joyeux et divin et comme attentifs à la cadence d'une musique secrète, et au-dessus de la ronde païenne, le Génie du Rythme agitait d'un geste enivré son tambourin sonore et ouvrait ses ailes palpitantes.

Une fois de plus, j'admirais le séduisant chef-d'œuvre en sa charmante beauté, et je songeais à la surprise qu'éprouverait un Huron de conte philosophique, venu pour découvrir Paris et raisonner sur nos mœurs, si, après avoir considéré à la façade de notre Opéra ce groupe de la *Danse*, il pénétrait, un soir de ballet, à l'intérieur de notre Académie chorégraphique. Que ce spectateur naïf, entré là, sur la foi de « l'enseigne », serait donc étonné de ce qu'il verrait sur la scène !

La Danse, en effet, telle qu'on la pratique

sur notre tréteau national, n'a que bien peu de ressemblance avec l'image fougueuse et enivrée qu'en a taillée dans la pierre le ciseau poétique du grand Carpeaux. Elle est un art cérémonieux et compliqué dont les fantaisies mêmes sont réglées minutieusement. Les attitudes en sont composées, les pas traditionnels, les figures caractéristiques. L'ensemble constitue une mécanique ingénieuse et précise. Comme ces parades plastiques et calculées sont loin du vieil instinct de joie et de mouvement qui pousse l'homme à frapper le sol du talon, à s'enlever en l'air du jarret et à mouvoir le corps en cadence, selon le sentiment qu'il veut exprimer et dont il crée la représentation improvisée !

Ce n'est donc guère dans notre ballet d'opéra qu'il faut chercher les traces de la danse primitive et naturelle, mais bien plutôt dans les danses populaires et paysannes, où en subsiste encore quelque chose; car là, au moins, le danseur ou la danseuse, s'il n'invente pas ses mouvements expressifs, les répète pourtant pour son compte et les anime de sa gaieté propre et de sa passion momentanée. Gars de Bretagne se démenant au son du biniou, filles berrichonnes se trémoussant au son de la vielle, Provençales et Provençaux en farandole, gitanes de Grenade et manolas de Séville tordant leurs reins au claquement des castagnettes, fermiers d'Ecosse ou des Cornouailles s'agitant au branle de la gigue, tous si humblement et si grossièrement qu'ils y participent, obéissent à cet instinct originel de joie et de rythme dont Carpeaux a fixé dans la pierre docile la figure immortelle. Ils s'y conforment mieux que la demoiselle de ballet, aux muscles savants et disciplinés par une acrobatie quotidienne, et dont la pirouette impeccable retombe, dans un envolement de tulle et dans un feu de paillettes, sur la pointe solide de son souple chausson de satin.

Danser ne fut donc, d'abord, qu'un simple exercice musculaire et instinctif. Un vieux proverbe ne nous dit-il pas, en effet, que « de la panse vient la danse », et ne nous ramène-t-il pas peut-être à l'origine de tout divertissement saltatoire ? Primitivement, la danse ne fut pas autre chose que l'expression d'un contentement matériel. Le corps, bien nourri et heureux, traduisait sa joie par une mimique et dépensait sa force par des mouvements. L'homme se plaisait à témoigner ainsi de la saine vigueur de ses membres. Son labeur achevé, il lui plaisait de se prouver à lui-même qu'il lui demeurait encore de la force inemployée. Il avait droit au repos et il dansait, par satisfaction, par défi, par plaisir.

Après s'être contenté de mouvement et de bruit, peu à peu ce plaisir se compliqua, s'organisa. Il chercha un rythme et une mesure. Alors les danses étaient nées : gaies, ardentes, naïves, passionnées, tour à tour, virant ou trépignant, frappant le sol du talon ou l'effleurant de l'orteil, pivotant en tournoyant, et telles qu'en a symbolisé Carpeaux l'élan païen et la vivante allégorie.

Mais les danses je le répète, ne sont point

demeurées ce qu'elles furent primitivement. Elles sont devenues, en même temps qu'un plaisir, un spectacle et un art. Elles sont devenues la Danse, la danse de ballet et d'opéra qui est incarnée dans la personne de la Danseuse. La Danseuse est une créature ailée. Elle apparaît et disparaît, prestigieuse en son agilité, paradoxale, car elle semble délivrée de son propre poids et n'avoir plus que celui de son ombre. Elle est douée d'une sorte de liberté aérienne. Elle est l'âme insaisissable et mouvante du ballet... C'est en elle qu'il prend sa raison d'être. Elle a on ne sait quoi de féerique. Son costume est conventionnel et ne signifiie rien d'autre, sinon que celle qui le porte est ornée du don mystérieux de danser. Elle n'est d'aucun temps ni d'aucun pays.

La facile légèreté de son pas semble fouler un sol imaginaire. A peine l'a-t-elle touché qu'elle rebondit pour se reposer plus loin et pour s'élever de nouveau dans le gonflement ballonné de sa jupe de tulle étalé, pour retomber encore sur ses pointes élastiques et en repartir vers quelque infatigable tournoiement. Elle est la Danse même, non plus en son instinct primitif et en ses formes pittoresques, mais en son état de perfection et son art le plus achevé.

Je ne sais si je ne me trompe, mais il me semble que le règne de la Danseuse, telle que la connurent ces deux derniers siècles, est momentanément terminé. Non que le goût de la danse ait diminué chez nous (l'éclatant succès des ballets russes est la preuve du contraire), mais ce goût a pris des directions nouvelles. La faveur de la danse classique perd de jour en jour du terrain, et la Danseuse, qui en fut l'image applaudie et choyée, participe quelque peu à ce discrédit. Cette décadence, d'ailleurs, ne date pas tout à fait d'aujourd'hui. Déjà nous avons vu la Danseuse céder le pas, si l'on peut dire, à la tragédienne et à la cantatrice, dans l'idolâtrie des foules. La voix primait le geste. L'ère des grandes renommées chorégraphiques était close. Désormais, la Danseuse n'est plus, dans le ballet, toute la Danse. Elle n'en résume plus l'attrait par la double fascination du tutu et du chausson.

Son prestige s'est, il faut bien le reconnaître, en grande partie évanoui. Où sont ses triomphes passés ? Où sont ses aventures merveilleuses où elle échangeait ses diadèmes de féerie contre des couronnes véritables et son nom de théâtre contre quelque titre dans l'histoire, comme cette Lola Montès qui causa presque une révolution en Bavière ? De ce règne de la Danseuse, de son prestige romantique, il ne reste guère que le souvenir. Ajoutons que son influence sociale a également pris fin. Il n'y a plus guère que les collégiens qui croient peut-être encore qu'on fait de la politique ou de la diplomatie dans les coulisses de l'Opéra, et que les hommes d'Etat sont gouvernés par le corps du ballet. Il faut renoncer à ces illusions. Nous en avons sacrifié de plus importantes.

Le goût du danger.

Il n'est guère de jours, en la saison de voyages et de déplacements, où nous ne lisions dans les journaux la mention de quelques accidents d'automobile, mais ces faits, il faut bien l'avouer, à moins que nous n'y soyons intéressés directement, nous laissent assez indifférents. L'accident d'automobile a pris place parmi les risques ordinaires de la vie. Nous le constatons et le déplorons. Il n'émeut pas outre mesure notre sensibilité.

Il n'en fut pas toujours ainsi, et je me souviens d'un temps où les faits et gestes des automobilistes passionnaient le public comme il se passionne maintenant aux exploits des aviateurs, qui leur ont succédé dans l'admiration populaire. Il est indéniable que l'homme volant jouit actuellement d'une faveur plus grande que l'homme du volant. L'aviateur est le héros du jour. C'est lui qui représente le mieux, à nos yeux, le mépris du danger en ce qu'il a de plus saisissant et de plus audacieux.

Il y eut une époque où ce personnage héroïque fut tenu pour nous par l'automobiliste. Il est vrai qu'à ses débuts le sport de l'automobile s'ennoblit, comme celui de l'aviation, d'une funèbre nécrologie, et le nouvel engin de vitesse terrestre n'acquit sa perfection qu'après avoir fait un nombre considérable de victimes. Elles lui valurent le respect des foules, et l'automobile en prit en quelque sorte figure de Minotaure. Ne la rencontrait-on pas alors avec une certaine terreur, à l'angle de toutes les rues et au tournant de toutes les routes, remplissant les villes et les campagnes de son meuglement et suggérant le cauchemar de quelque invasion fantastique d'un bétail fabuleux et brutal ?

Il en résultait que le sentiment général envers le monstre nouveau était de s'attendre à tout de sa part, et cette attente n'allait pas sans quelque admiration panique. Ne faisait-il pas, d'ailleurs, ses preuves quotidiennes ? Il montrait sans dissimulation de quoi il était capable. En même temps qu'une idée magnifique de sa vitesse et de sa force, de sa promptitude et de son utilité, il fournissait des marques de sa sauvagerie. Des catastrophes mortelles avertissaient ceux qui se confiaient à son redoutable caprice. Il était bien évident que l'homme avait inventé là un de ses jeux les plus dangereux, mais ceux qui le pratiquaient n'en ignoraient pas le péril. Ils l'acceptaient. Bien plus, ils en éprouvaient l'attrait, le même que ressentent leurs intrépides frères aériens, quand ils se risquent dans l'espace sur leurs frêles engins de vol où leur vie dépend des hasards du vent, du caprice des moteurs, du moindre petit mouvement de la main qui les dirige.

Le sentiment des hommes vis-à-vis du danger est singulier, et l'une de ses singularités est d'être double. Nous avons tous, en effet, de l'aversion pour le péril imprévu, pour le péril forcé, pour ce que l'on pourrait appeler le péril brut. Il nous surprend et nous choque. Nous le considèrerions volontiers comme une grossièreté du destin, comme une impolitesse du hasard. Un pont sur lequel nous passons chaque jour vient-il à s'écrouler ? Voilà je ne sais quoi de stupide, dont l'idée seule nous répugne, car un pont doit être stable. Son usage n'est lié dans notre esprit à aucune pensée de danger probable. Aussi l'accident nous apparaît-il, en ce cas, illogique, et, comme tel, nous cause-t-il un malaise instinctif.

Au contraire, si nous montons un cheval difficile, mais que nous connaissions, par avance, ses défauts, nous savons, en nous mettant en selle, à quoi nous nous exposons. Il y a là un risque, mais ce risque est prévu et consenti, et la bête nous vaut-elle quelque dommage, il y a chance que nous ne gardions pas rancune à l'événement, si nous nous en sommes tirés sans trop d'encombre.

Cela revient à reconnaître que le danger, sous sa forme exceptionnelle et volontaire, nous semble fort acceptable. J'irais même plus loin et jusqu'à dire qu'il y a en lui une sorte de volupté secrète, d'attrait sournois. Une action dangereuse, une fois accomplie, nous laisse dans un état de satisfaction très particulier, dans une espèce d'allégresse physique et spirituelle. Le danger donc est un plaisir. Il en a l'exaltation et la détente.

Ce qui est vrai du danger en lui-même, l'est aussi de l'accident qui en est la conséquence éventuelle et souvent réelle. S'il n'a pas eu de suite trop fâcheuses, il produit les mêmes effets moraux. J'ai toujours observé chez les personnes qui venaient d'y échapper, plus ou moins indemnes, une bonne humeur toute spéciale où s'ajoutent même quelquefois une pointe de vanité et une nuance de fierté.

Il m'est arrivé, il y a quelques années, de me trouver dans la conjoncture dont je parle. Une automobile, qui nous menait à vive allure, ayant voulu éviter d'écraser un enfant qui traversait inopinément la route, alla donner dans un poteau de télégraphe. Le choc fut violent et la voiture fort endommagée, mais je dois reconnaître qu'à part le premier instant d'angoisse pour les autres et pour soi-même et la pénible secousse corporelle que vous inflige une pareille collision, je n'ai pas gardé de toute cette affaire un trop mauvais souvenir. Bien au contraire, quand nous eûmes regagné par des moyens de fortune l'hôtel que nous venions de quitter, la réunion de notre voiturée autour d'un thé réconfortant m'est restée dans la mémoire comme une minute délicieuse. Mettre un morceau de sucre dans sa tasse, se mouvoir, échanger des propos, aller à la fenêtre et regarder au dehors semblaient des actions occasionnellement surprenantes et soudainement agréables. Le danger donne une valeur à la vie !

De là la faveur durable dont jouissent et jouiront toujours les exercices imprudents et les jeux dangereux. Leur prestige est et demeure incontestable, car la perspective du danger agit puissamment sur notre imagination. Il transparaît à travers lui on ne sait quoi de mystérieux et de séduisant. Ne nous voile-t-il pas quelque chose de rare et de nouveau ? L'inconnu qu'il recèle excite notre imagination et sollicite notre curiosité. Ceux qui ont accompli certaines actions hasardeuses ou qui ont échappé à quelque catastrophe nous semblent, par cela même, différents des autres hommes. Ils savent ce que nous ne savons pas. Ils reviennent pour nous d'un au-delà, et cette qualité leur confère à nos yeux une dignité particulière. Ils détiennent en eux une notion sur laquelle ils peuvent nous renseigner, et nous sommes curieux de ce qu'ils ont éprouvé et ressenti en des circonstances dont nous n'avons, pour la plupart, que des données indirectes.

Le goût du danger ! C'est peut-être, de tous les sentiments humains, celui qui s'use le moins ! Je n'en veux pour preuve que ce que j'ai lu jadis, au sujet des prisonniers de l'île de

Cabrera. A la suite de la capitulation de Baylen, en 1808, un certain nombre d'officiers et de soldats de l'armée impériale furent relégués dans cet îlot rocheux qui fait partie du groupe des Baléares. Ils y erraient, ces vétérans des grandes guerres, habitués aux longues marches à travers l'Europe, sur un rivage circulaire. Cabrera était pour eux un dur séjour. On y mourait presque de faim et l'on s'y consumait d'ennui. L'île est escarpée et déserte.

Il y avait — raconte l'un de ces prisonniers, dont Loredan Larchey a publié, en un volume devenu rare, les émouvants récits de captivité — au flanc d'une des falaises de l'île, un étroit passage qui menait à une sorte de grotte. Cette grotte ne contenait rien. On le savait et pourtant elle était devenue, dans l'existence solitaire de ces hommes, un lieu singulièrement attractif. Presque chaque jour, quelques-uns des prisonniers se hasardaient à franchir le pas aventureux, et presque chaque jour aussi un ou plusieurs de ces imprudents payaient de leur vie cette tentative inutile, vaine, mais périlleuse, et dont le péril bravé faisait tout l'âpre plaisir. A la fin, le nombre des victimes augmentant, et cette contagieuse folie ne cessant pas, il fallut placer des sentinelles pour interdire par la force cet exploit à des gens qui manquaient par trop, en leur désœuvrement affamé et héroïque, des occasions de danger dont ils ne pouvaient plus se passer et qu'ils remplaçaient, à leur façon, par un jeu absurde et mortel.

CET OUVRAGE, ACHEVÉ D'IMPRIMER LE 20 JUIN 1929, SUR LES PRESSES DES ÉDITIONS DES CAHIERS LIBRES, A TOULOUSE, A ÉTÉ TIRÉ A NEUF CENT CINQ EXEMPLAIRES NUMÉROTÉS, A SAVOIR : TRENTE EXEMPLAIRES SUR JAPON IMPÉRIAL, NUMÉROTÉS DE I A XXX ET HUIT CENT SOIXANTE-QUINZE EXEMPLAIRES SUR VÉLIN LAFUMA, NUMÉROTÉS DE 31 A 905, PLUS UN CERTAIN NOMBRE D'EXEMPLAIRES HORS COMMERCE ET NON NUMÉROTÉS.

N° 

www.ingramcontent.com/pod-product-compliance
Ingram Content Group UK Ltd.
Pitfield, Milton Keynes, MK11 3LW, UK
UKHW020432180726
13839UKWH00003B/1453

9 782329 333403